VENTE DU JEUDI 1er AVRIL 1897

ANTIQUITÉS

ÉGYPTIENNES, GRECQUES ET ROMAINES

TERRES CUITES — BRONZES — MARBRES

VERRERIE

HENRI LEMAN

EXPERT

PARIS — 1897

CATALOGUE

DES

ANTIQUITÉS

ÉGYPTIENNES
GRECQUES ET ROMAINES

TERRES CUITES — BRONZES — MARBRES

VERRERIE

Dont la Vente aura lieu à Paris, Hôtel Drouot

SALLE N° 10

Le Jeudi 1er Avril 1897

à deux heures.

Mc Maurice **DELESTRE**	M. Henri **LEMAN**
COMMISSAIRE-PRISEUR	EXPERT
5, rue Saint-Georges, 5	12, rue de Seine, 12

EXPOSITION PUBLIQUE le Mercredi 31 Mars 1897

de 1 h. 1/2 à 6 heures.

CONDITIONS DE LA VENTE

La vente sera faite au comptant.

Les acquéreurs paieront *cinq pour cent* en sus des enchères.

Tous les objets sont garantis antiques.

Les lots pourront être réunis ou divisés au gré de l'expert.

———

N.-B. — L'ordre numérique ne sera pas suivi.

Mâcon, Protat frères, imprimeurs.

TERRES CUITES

1 Grande et belle figurine de femme assise, à gauche,
sur un rocher.

   Le coude droit appuyé sur son genou, elle soutient sa tête de sa main et semble réfléchir; la
main gauche est appuyée sur le rocher. Elle est
vêtue d'un chiton légèrement échancré sur la poitrine, et d'un manteau posé sur les genoux.

   Tanagra. — Coloration rose et bleue. — Base
plate. — Haut. 0,23.

2 Groupe de deux jeunes femmes assises sur un sarco-
phage; la première est à gauche, les jambes pen-
dantes et les pieds croisés; elle tient de la main
droite une corbeille de fruits. — L'autre femme a
les jambes étendues sur le monument; toutes deux
sont vêtues d'un chiton attaché sur l'épaule droite et
laissant la poitrine en partie découverte.

   Tanagra. — Traces de coloration. — Haut. 0,14.
— Larg. 0,12.

3 Amour enfant, les ailes éployées; la tête, encapuchonnée dans sa chlamyde, est légèrement penchée à
droite; il soutient des deux mains une patère placée
près de son épaule gauche.

   Tanagra. — Traces de coloration. — Haut. 0,09.

4 Amour enfant, au vol, couronné d'un bandeau et
drapé dans sa chlamyde ; il tient un coffret de la
main gauche.
Tanagra. — Traces de coloration. — Haut. 0,09.

5 Statuette de jeune fille assise, à gauche, sur un rocher.
Les cheveux sont bouclés ; elle est vêtue d'un man-
teau attaché sur l'épaule droite par une fibule.
Tanagra. — Traces de coloration. — Base plate.
— Haut. 0,15.

6 Statuette de jeune enfant debout, semblant marcher
vers la droite.
La tête est encapuchonnée dans sa chlamyde qui
retombe sur le devant du corps. — Le bras droit est
levé.
Tanagra. — Haut. 0,14.

7 Jeune enfant assis par terre et jouant aux osselets.
La tête est légèrement penchée à gauche et regarde
le jouet qu'il tient dans sa main.
Tanagra. — Base rectangulaire. — Haut. 0,11. —
Larg. 0,10.

8 Statuette de jeune fille debout, drapée dans l'himation,
dont les deux pans sont portés par la main gauche.
La tête est ornée d'un bandeau et les oreilles sont
parées de bijoux.
Tanagra. — Traces de couleurs. — Haut. 0,26.

9 Statuette de satyre nu, les bras levés au-dessus de la
tête, la jambe droite portée en avant.
Il a les oreilles de bouc, le front ridé, la barbe
taillée en éventail.
Attique. — Traces de couleurs. — Haut. 0,23.

10 Silène debout portant une amphore sur son épaule
   gauche.
   Il est drapé dans une chlamyde qui ne couvre que
   l'épaule droite et une partie de la poitrine.
   Béotie. — Traces de couleurs. — Haut. 0,17.

11 Petite statuette de jeune fille debout, drapée dans un
   chiton, le bras gauche appuyé sur la hanche; elle
   est coiffée de cheveux ondulés et a la tête surmontée de la coiffure égyptienne : le disque lunaire et
   les plumes entre les deux cornes. — Haut. 0,15.

12 Groupe de deux enfants nus s'exerçant à la lutte.
   Smyrne. — Haut. 0,065.

13 Combat de deux gladiateurs; l'un est casqué et armé
   d'une knémide et d'un grand bouclier; l'autre est
   armé d'un poignard qu'il enfonce dans l'aisselle de
   son adversaire.
   Italie. — Terre rouge. — Haut. 0,125.

14 Esclave nu, à la tête grotesque, marchant derrière un
   mulet qui tombe et retenant les paniers dont le mulet
   est chargé.
   Au revers, la signature A(Γ)A. (Agasias.) Une
   partie des lettres a été enlevée par le trou d'évent.
   Myrina. — Haut. 0,089.

15 Poupée articulée représentant un guerrier debout,
   casqué et vêtu d'une armure; tenant de sa main
   gauche un bouclier.
   Terre pâle. — Haut. 0,24.

16 Figurine de femme drapée et voilée, debout, le bras
   droit appuyé sur la hanche, l'autre abaissé.
   Italie. — Terre jaune. — Haut. 0,24.

17 Éphèbe nu, debout, appuyé contre une colonne; il a
la main gauche sur la hanche et tient de sa main
droite un vase. — Haut. 0,13.

18 Grande figurine de femme, debout, coiffée d'un dia-
dème posé sur une chevelure très volumineuse. Elle
soutient son manteau de la main droite et tient un
vase de la main gauche.
Chypre. — Terre rouge. — Haut. 0,31.

19 Grande figurine de déesse cypriote assise sur un siège
à dossier et vêtue d'une longue tunique, la tête
couverte d'un capuchon. — Haut. 0,44.

20 Grand buste-applique de jeune femme, les cheveux
relevés et noués sur le haut de la tête, les oreilles
parées de bijoux. Elle est vêtue d'un chiton échancré sur la poitrine et a les deux mains ramenées en
avant. — Terre pâle. — Haut. 0,43.

21 Petite figurine de femme assise sur un siège à large
dossier. Elle tient une patère sur ses genoux.
Chypre. — Haut. 0,13.

22 Statuette de femme, debout, les deux bras tombant le
long du corps.
Chypre. — Haut. 0,22.

23 Très joli fragment d'une statuette de Vénus. La déesse
était debout, le corps légèrement penché en avant;
le bras gauche, ramené vers la jambe droite, tenait
une draperie.
Myrina. — Haut. 0,20.
Il manque la tête, le bras droit et les deux jambes.

24 Beau torse d'homme, vêtu d'un justaucorps qui
s'arrête aux genoux et qui est serré au moyen de
deux ceinturons.
Smyrne. — Haut. 0,12.

25 Fragment de statuette d'éphèbe nu, la jambe droite
   levée. — Haut. 0,18.

26 Torse d'une statuette de femme vêtue d'un chiton sans
   manches, attaché sur les épaules par deux fibules; le
   bras droit est levé.
   Myrina. — Haut. 0,20.

27 Torse de jeune fille, vêtue d'un chiton sans manches,
   qui laisse le sein droit à découvert.
   Beau fragment de figurine. — Haut. 0,09.

28 Très jolie tête d'enfant riant, coiffée d'un capuchon
   pointu. — Haut. 0,085.

29 Tête de grotesque. — Haut. 0,04.

30 Tête d'enfant coiffée d'un casque très élevé. — Traces
   de dorure. — Haut. 0,07.

31 Tête de femme, chevelure abondante tombant de
   chaque côté de la figure. — Haut. 0,05.

32 Tête de Bacchus. Chevelure frisée. — Haut. 0.6.

33 Tête d'un personnage barbu; le front plissé donne
   beaucoup d'expression à la figure. — Haut. 0,075.

34 Tête de négresse. — Haut. 0,07.

35 Tête de satyre. — Haut. 0,055.

36 Jolie tête de femme. Cheveux ramenés sur les côtés de
   la tête. — Traces de dorure. — Haut. 0,06.

37 Tête d'enfant joufflu. — Haut. 0,065.

38 Tête de femme coiffée de feuilles. — Haut. 0,06.

39 Tête d'enfant riant. — Haut. 0,05.

40 Tête d'enfant. — Haut. 0,04.

41 Tête de femme, les cheveux ramenés de chaque côté
    de la figure. — Haut. 0,06.

42 Tête d'homme. — Chevelure abondante. — Haut. 0,06.

43 Collection d'environ **soixante pièces**. — Masques,
    têtes et fragments de figurines.
    Ce lot sera divisé.

44 Déesse, de style primitif, assise sur un siège cubique.
    Elle se tient la tête des deux mains. — Haut. 0,23.

45 Statuette funéraire égyptienne, *Ushebti*, en terre émail-
    lée verte. — Les hiéroglyphes, les yeux et la bouche
    sont peints en noir. — Haut. 0,15.

VASES PEINTS

46 Lécythe funéraire. — Base circulaire surmontée d'une
    petite statuette de femme ailée portant sur sa tête
    une corbeille de fruits qu'elle maintient des deux
    mains. — A ses côtés, une amphore et un trépied.
    Attique. — Traces de couleurs. — Haut. 0,14.

47 Lécythe funéraire. — Base circulaire surmontée d'une
    statuette d'éphèbe assis sur un chapiteau et tenant,
    sur son genou et maintenu par son bras gauche, une
    lyre. — Fond plat façonné en palmette.
    Attique. — Traces de couleurs. — Haut. 0,14.

48 Lécythe funéraire. — Base plate surmontée d'une
    figure d'amour nu, aux ailes éployées.
    Attique. — Haut. 0,134.

49 Lécythe blanc d'Athènes.

Une femme, vêtue d'un chiton court, tient des deux mains un plateau qu'elle présente à une autre femme placée devant elle et qui porte dans sa main gauche une coupe couverte. — Dans le haut, bordure de grecques et, sur l'épaulement, décor de palmettes.

Trait bistré. — Haut. 0,33.

50 Lécythe blanc.

Une jeune femme portant un plateau, et un éphèbe drapé dans sa chlamyde et armé d'une lance, sont placés de chaque côté d'une stèle.

Trait rouge. — Dans le haut et sur l'épaulement, décor de grecques et de palmettes. — Haut. 0,285.

51 Petite œnochoé à goulot trilobé, décorée, sur la partie antérieure, d'un sujet représentant un enfant nu, tenant un vase et une branche de feuillage, arrivant précédé d'un petit chien près d'une femme assise, à gauche, et accoudée sur le dossier du siège ; elle tient un plateau chargé de fruits.

Dessin rouge avec rehauts de blanc sur fond noir. — Haut. 0,09.

52 Petit lécythe à décor de deux personnages et de palmettes en rouge et blanc sur fond noir. — Haut. 0,13.

53 Vase façonné en forme de tête de femme, les yeux sont peints en noir et blanc, les chairs coloriées en jaune. — Le goulot trilobé et l'anse surélevée ainsi que la panse du vase sont peints en noir. — Haut. 0,165.

54 Lécythe façonné en tête de nègre.

Terre noire. — Haut. 0,13.

55 Askos en terre rouge. — Chaque côté du vase est
     décoré de deux animaux superposés et séparés par
     une bordure de palmettes.
          Chypre. — Terre rouge. — Long. 0,25.

56 Vase à panse sphérique à deux anses. — Décor de
     bandes et cercles en noir et rouge sur fond jaune.
          Chypre. — Haut. 0,17.

57 Vase à deux anses à décor de cercles peints en rouge
     et noir sur fond jaune.
          Chypre. — Haut. 0,16.

58 Kanthare à pied élevé ; les anses sont formées de deux
     tiges nouées ensemble.
          Traces de couleur rose. — Haut. 0,21.

59 Petite lampe surmontée d'une figurine d'ours.
          Terre rouge. — Long. 0,85. — Haut. 0,07.

BRONZES

60 Grande figurine d'homme nu, debout, la jambe
     gauche est fléchie, la tête imberbe, aux cheveux
     crépus, est légèrement tournée à gauche. — Beau
     style. — Les bras manquent.
          Étrurie. — Socle en jaune de Sienne. — Haut. 0,34.

61 Jolie figurine d'enfant. Le haut du corps droit, la
     jambe gauche étendue en avant, les deux bras sont
     ramenés devant la poitrine. — Une écharpe, main-
     tenue par une courroie, est posée sur le devant du
     corps. — La tête est penchée, cheveux frisés.
          Trouvée en Basse-Égypte. — Haut. 0,25.
          La jambe droite, qui avait été fondue à part, manque.

62 Statuette d'enfant nu, debout, la jambe gauche légèrement fléchie, son bras gauche levé tient une
   branche de feuilles. — La tête est couronnée de
   lierre et les cheveux frisés retombent sur les épaules.
   Socle en bronze antique. — Haut. 0,10.

63 Vénus nue, debout, la jambe droite fléchie; elle a la
   tête diadémée et tient sa chevelure de la main
   gauche, et un fruit de la main droite.
   Base circulaire en bronze. — Patine verte. —
   Haut. 0,12.

64 Enfant nu, le corps rejeté à gauche, le bras droit
   replié. Tête tournée à droite, cheveux ondulés,
   jolie figure joufflue. Les yeux sont plaqués d'argent.
   Pieds brisés. — Patine verte. — Haut. 0,11.

65 Figurine d'homme nu, debout, la jambe gauche en
   avant, le bras droit est ramené vers la poitrine.
   Étrurie. — Haut. 0,15.

66 Buste de femme, les cheveux frisés, vêtue d'un chiton
   dont elle tient les deux pans et qui est rempli de
   fruits. — La partie inférieure est façonnée en patte
   de griffon.
   Pied de meuble. — Haut. 0,22.

67 Fragment d'un casque Béotien à nasal.
   Il ne manque que le timbre et la partie droite du côté.

68 Kanthare de forme élégante, à deux anses; la base
   circulaire est ornée de palmettes repoussées. —
   Haut. 0,125.

69 Statuette de Neit, coiffée de la couronne rouge, debout,
   la jambe gauche en avant, le bra. gauche étendu, le
   bras droit pendant le long du corps.
   Base rectangulaire, socle jaune de Sienne. —
   Très belle patine verte. — Haut. 0,155.

70 Statuette de Nephtys, debout, les mains tombant le
     long du corps.
        Socle en marbre rouge. — Haut. 0,15.

71 Ammon-Ra, debout, la jambe gauche en avant, les
     bras pendants le long du corps, la tête surmontée du
     disque et des deux plumes. — Les yeux sont dorés.
        Socle en marbre rouge. — Haut. 0,22.

MARBRES, ETC.

72 Tête de Diane, les cheveux relevés sur le front,
     entourés d'une tenie, et noués en chignon au-dessus
     de la nuque. — Les yeux sont creusés pour recevoir
     des pierres précieuses. — Beau style. — Marbre de
     Paros.
        Trouvée en Phénicie. — Haut. 0,24.
           Le nez et le menton sont endommagés.

73 Torse de Mercure, drapé dans une chlamyde retenue
     sur l'épaule droite, et laissant à nu le côté droit
     du corps ; la jambe gauche était avancée, le bras
     gauche étendu.
        Très joli fragment. — Haut. 0,135.
           Ancienne collection His de la Salle.

74 Tête d'homme imberbe, les cheveux relevés.
        Marbre de Paros. — Haut. 0,35.

75 Tête de vieillard barbu, le haut du crâne rasé, les
     cheveux retombant sur la nuque. — Haut. 0,06.

76 Tête de femme, de face, les cheveux épars retombent
     de chaque côté de la figure, deux petites cornes au-
     dessus du front. — Fragment de bas-relief.
        Marbre de Paros. — Haut. 0,17. — Larg. 0,22

77 Sept fragments de fresques, à décor d'ornements géo-
   métriques, de fleurs et d'oiseaux.
       Ce lot sera divisé.

VERRERIE

78 Lécythe en verre bleu, à goulot trilobé, anse surélevée.
   — Décor de cercles et de chevrons en jaune et en
   vert. — Haut. 0,11.

79 Balsamaire en verre bleu, décor de cercles et dentelures en jaune et vert. — Deux oreillettes latérales.
   — Haut. 0,085.

80 Balsamaire cylindrique, à décor de plumes jaunes et
   blanches sur un fond bleu, deux oreillettes simulent
   les anses. — Haut. 0,13.

81 Balsamaire de même forme, décoré de cercles et de
   dentelures en jaune et blanc sur fond bleu. —
   Haut. 0,085.

82 Vase apode, en forme de gobelet conique dont la
   partie inférieure affecte la forme d'une tête d'oiseau
   à long bec.
       Belle irisation. — Haut. 0,16.

83 Joli lécythe, en pâte verte, panse piriforme, côtelée,
   sur pied bas, à goulot évasé; annelet au col; anse
   plate à nervures. — Haut. 0,19.

84 Flacons jumeaux en pâte verte; deux anses latérales
   réunies par une autre anse surélevée. — Haut. 0,16.

85 Petite bouteille à panse cylindrique et côtelée, goulot
   trilobé, annelet au col. — L'anse, en pâte verte,
   forme deux anneaux superposés. — Haut. 0,13.

86 Coupe creuse, unie ; une partie est en verre rouge lie
de vin, l'autre partie est blanche. — Diam. 0,15.
Ancienne collection His de la Salle

87 Gobelet à base pointue ; panse cylindrique et cannelée,
légèrement rétrécie par le milieu. — Haut. 0,15.

88 Lécythe à panse piriforme, à goulot trilobé. — Décor
de chevrons en pâte verte. — Haut. 0,12.

89 Vase sphérique, à large goulot et à quatre anses. —
Décor de cercles et de chevrons en pâte verte. —
Haut. 0,09.

90 Bocal à panse quadrangulaire et à large goulot.
Pâte verte. — Haut. 0,13.

91 Grand lécythe en verre blanc, base plate, panse renflée,
terminée par un col très étroit et goulot évasé ; anse
large et cannelée. — Haut. 0,27.

92 Flacons jumeaux en pâte verte ; un fil de verre entoure
les panses et se termine en chevrons près des gou-
lots. — Haut. 0,11.

93 Joli petit verre en pâte jaune, panse pomiforme,
entourée de saillies. — Large goulot. — Haut. 0,045.

94 Verre cylindrique, base plate, goulot évasé à deux
anses. — Un fil de verre entoure la panse. —
Haut. 0,12.

95 Bouteille à panse sphérique, godronnée, long col et
goulot évasé. — Haut. 0,125.

96 Vase en verre rouge, panse piriforme, ornée de huit
côtes, le col cerclé d'un triple fil de verre. — Haut.
0,095.

97 Joli lécythe, à panse cannelée, col droit et goulot
évasé.
Irisation nacrée. — Haut. 0,125.

98 Petit flacon à panse sphérique et à col droit. —
Haut. 0,055.

99 Verre à boire, orné d'un collier en pâte verte. —
Haut. 0,105.

100 Petit vase de forme élancée, panse cannelée, à deux
anses. — Haut. 0,11.

101 Flacons jumeaux, entourés d'un fil de verre, et à
deux anses latérales. — Haut. 0,13.

102 Verre de même forme, sans anse. — Haut. 0,11.

103 Petite bouteille à panse surbaissée, décorée de chevrons et de cercles en pâte verte, large goulot. —
Haut. 0,085.

104 Flacon à panse cylindrique et cannelée ; annelet au
col, goulot évasé, deux anses en pâte verte. —
Haut. 0,14.

105 Gobelet droit, orné d'un collier. — Haut. 0,085.

106 Vase sphérique, à panse surbaissée, large goulot ;
trois anses en pâte verte. — Haut. 0,08.

107 Bouteille à panse pomiforme, col droit.
Irisation rougeâtre. — Haut. 0,12.

108 Coupe creuse en pâte verte. — Diam. 0,15.

109 Petit lécythe en verre blanc. — Haut. 0,07.

110 Bouteille à panse piriforme, cannelée. — Haut. 0,20.

111 Bouteille à panse sphérique, cannelée; long col droit
orné de cercles de verre filé. — Haut. 0,175.

112 Gobelet en verre opaque, se rétrécissant vers le pied.
— Haut. 0,095.

113 Joli vase à panse sphérique, à large goulot et à deux
anses.
Verre rouge. — Haut. 0,08.

114 Petit vase sans anse, à panse surbaissée, ornée de
cannelures.
Belle irisation. — Haut. 0,06.

115 Plateau de forme elliptique, à ombilic saillant; les
bords, très larges, sont évasés. — Long. 0,27. —
Larg. 0,23.

116 Petite bouteille sphérique, à col droit et à deux anses.
— Haut. 0,06.

117 Coupe creuse, à rebords évasés. — Diam. 0,09.

118 Bouteille à panse pomiforme, à col droit.
Belle irisation. — Haut. 0,115.

119 Coupe en pâte verte. — Diam. 0,10.

120 Six flacons ou bouteilles.

MÂCON, PROTAT FRÈRES, IMPRIMEURS

RED. :

18

graphicom